고맙습니다.

김재진

_______________ 님께

_______________ 드림

바람에게도 고맙다

바람에게도 고맙다

1판 1쇄 인쇄 2022. 12. 12.
1판 1쇄 발행 2022. 12. 23.

지은이 김재진

발행인 고세규
편집 구예원 디자인 윤석진 홍보 이태린 마케팅 윤준원
발행처 김영사
등록 1979년 5월 17일(제406-2003-036호)
주소 경기도 파주시 문발로 197(문발동) 우편번호 10881
전화 마케팅부 031)955-3100, 편집부 031)955-3200 | 팩스 031)955-3111

값은 뒤표지에 있습니다.
ISBN 978-89-349-8103-9 03810

홈페이지 www.gimmyoung.com 블로그 blog.naver.com/gybook
인스타그램 instagram.com/gimmyoung 이메일 bestbook@gimmyoung.com

좋은 독자가 좋은 책을 만듭니다.
김영사는 독자 여러분의 의견에 항상 귀 기울이고 있습니다.

바람에게도 고맙다

김재진 에세이

김영사

미움과 비난이 난무하는 세상에서

아픔을 용서로 바꿀 수 있는 이는 아름답다.

작가의 말

먼 길을 뚜벅뚜벅 걸어서 가듯 여기까지 용케 살아서 왔다. 인생은 하루를 사는 것이 아니라 하루를 견디는 것 같을 때가 있고, 홀연 모든 것이 아름답게 다가오는 때도 있다.

스쳐간 시간 속에 메모했던 단상들을 묶어 책으로 낸다. 그림 또한 마찬가지여서 지나간 삶의 상처 같기도 하고, 상처를 통해 잉태된 진주 같기도 하다. 이 책에 담긴 글과 그림은 나 스스로를 향한 독백이고 가르침이며 남아 있는 생을 향한 위로이기도 하다.

김재진

1부 하고 싶은 말이 있네

2부 사라져서 아름다운

3부 — 바람에게도 고맙다

1부

하고 싶은 말이 있네

첫 생각

새벽입니다.

알지 못하는 어딘가로

내 의식이 여행 갔다가 돌아오는 그 순간,

하루의 첫 생각이 두서없이 떠오를 때

떠오르는 생각을

내 의지대로 조절하는 연습을 합니다.

첫 생각을 긍정적으로 만드는 연습은

돈 들이지 않아도 하루를 환하게 만듭니다.

남은 거리

우리는 밤마다 죽고
아침마다 새로 태어난다.
어느새 여기까지 왔지만
우리가 온 거리는 얼마 되지 않는다.

남은 시간 어디로 갈지,
그리고 얼마나 더 갈 수 있을지는
사람마다 다르다.

어제의 내가 지금의 내가 아니듯
내일이란 알 수 없는 미지의 오늘이다.

〈봄밤〉
존재한다는 사실 하나만으로도 당신은 소중하다.

새벽에 용서를

그대에게 보낸 말들이 그대를 다치게 했음을
그대에게 보낸 침묵이 서로를 문 닫게 했음을
내 안에 숨죽인 그 힘든 세월이
한 번도 그대를 어루만지지 못했음을

밤이 깊으면 새벽이 가깝다. 겨울이 깊으면 봄이 멀지 않다는 시구절 떠올리며 밤이 쌓이는 소리에 귀 기울인다.
매일 자는 잠을 또 자야 한다는 사실을 받아들이기 싫은 탁자 위로 어둠을 밀어내는 전등 빛이 따뜻하다. 존재한다는 사실 하나로도 고맙고 벅찬 밤이다.

반짝거리는

잘난 사람 많은 세상에서 보이지 않는 별처럼
아득히 먼 곳에서 반짝거리는 존재들이 있다.
목소리 내지 않지만 어두운 곳을 밝히는 그들은
대부분 이름 없고 약한 이들이다.

사람

사람이란 한낱 부호일지 모른다.

수많은 물음표와 느낌표를 지나

느닷없는 마침표로 마감되는 불완전한 삶에서

그럴싸한 수사修辭를 늘어놓다가

그만하면 됐다며 줄이고 마는

말줄임표 같은 것일지 모른다.

불면

잠 안 오는 밤에는 안 자는 것도 좋다. 생이 더 길어지는 것이 좋은 것만은 아니지만 길어지는 시간을 나쁘다고 할 수도 없다.
인생의 시간이란 길이로 잴 수 있는 것이 아니라 내용으로 측정된다. 시간의 상대성 원리가 그러하니 아인슈타인 말을 따르자면, '미인 옆에 있는 시간은 한 시간이 일 분처럼 빨리 가고, 뜨거운 난로 곁에 있는 시간은 일 분이 한 시간처럼 길기만 하다.'
평범하게 사는 인생도 좋지만, 굴곡 많은 인생에선 배울 것이 많다. 경험을 통해 우린 성장하고 확대된다. 굴곡의 경험을 성장의 기회로 삼는다면 잠 안 오는 밤 또한 유용한 수업이다.

좋아한다

찔레 향기를 좋아한다.

오랜만에 만난 친구의 활짝 웃는 모습을 좋아한다.

살아 있다는 것에 경의를 표하며

고통을 이겨나가는 이의 숭고한 의지에 감동한다.

사소한 일에도 두 손 모으는

겸손한 마음을 좋아한다.

〈달에게 바친 동백〉
동백은 지고, 성산의 밤이 푸르다.

동백
낙화

잠 안 오는 밤, 떨어지는 동백을 생각한다. 온몸 던지듯 뚝뚝, 떨어지던 그 단호한 낙화를 떠올린다. 꽃의 기품은 지는 순간 드러난다. 화려하던 모란의 낙화를 아는가?

모란의 낙화는 추락이 아니라 몰락이다. 화려하던 꽃잎은 시들고 메말라 바닥으로 떨어지고, 싱그럽던 향기는 바람과 함께 사라졌다. 사람의 마지막 또한 마찬가지라 모란처럼 지는 죽음은 흔해도 동백처럼 단아하게 지는 삶은 많지가 않다.

만물의 영장이라 하지만 인간은 아무도 자신의 마지막을 결정하지 못한다. 안락사를 선택해 스위스로 간 누군가의 기사가 언론에 보도되고, 스스로 선택하는 생의 마지막이 용기와 기회인 듯 부러워진다.

단숨에 질 수 있는 삶이라면 이 풍진 세상인들 무엇이 두려울까. 병들어 죽을 때가 된 늑대는 무리를 떠나 숲으로 가고, 병들어 날아갈 수 없는 새들은 나뭇가지를 떠나 바닥으로 내려온다. 인간은 왜 새처럼, 꽃처럼 숲이나 들에 가서 사라질 수 없을까?

음악에 붙여

밤에 듣는 음악은 반짝이는 별이다.

고독의 전파를 타고 어둠 속을 흐르는 선율은

외로운 시간이 멈추어 선 간이역이다.

볼륨 낮춰 귀 기울이는 사람들이

저마다 별에 사는 외계인 같다.

〈밤의 대화〉
밤에 나눈 이야기를 다 믿지는 말라.

에스프레소

커피 향 가득한 곳에 있습니다.

부암동 에스프레소.

창밖을 내다보면 윤동주 문학관.

여기도 옛날 같지 않습니다.

나도 옛날 같지 않습니다.

모든 것은 변합니다.

변하지 않는 것이 있다면

'모든 것은 변한다'는 그 사실 하나뿐.

어제의 나는 오늘의 내가 아닙니다.

어제의 당신도 오늘의 당신이 아닙니다.

카푸치노나 에스프레소, 그도 저도 아니면 아메리카노.

변하는 당신의 취향을 알아차릴 수가 없습니다.

기억할 수 있다 해도 과거는 지나가고 없습니다.

어제까지 알았어도 지금 우리는 모르는 사이입니다.

인생의 나날

어제와 오늘을 경계 짓는 것이
고작 시곗바늘이 가리키는 숫자뿐이라면
생의 나날은 굴욕적이다.
인생의 굴욕을 설욕할 수 있는 유일한 길은
삶의 승리자가 되는 일이다.
삶의 승리자는 자기를 자기 생의 주인으로 섬기는 사
람이다.

〈신발이 날아가는 곳〉
신발을 벗어 던져 멀리 가는 사람이 인생의 승리자라면.

잠들기 전에

회교의 신비주의 시인 루미는

“우리가 날마다 경험하는 실재는

다만 그림자가 움직이는 것이다”라고 했다.

오늘 하루, 움직였던 그림자를 거두어들일 시간이다.

잠들어 있는 동안 우린 어딜 갔다 오는 것일까?

〈만추〉
나무 아래 가을이 떨어져 있다.

사계절

인생의 사계절도 가을이 있다.

낙엽이 되기까지 단풍의 그 황홀한 빛은 서쪽 하늘을 물들이는 황혼과 닮았다. 가을 지나고, 겨울도 끝나갈 무렵 터널이 나타난다.

누구도 그 터널을 피할 수는 없다. 터널을 통과해야 그 다음 차원이 열리기 때문이다. 그러나 다음 차원이 어떤 것인지 알고 있는 사람은 없다. 모르면서 저마다 추측할 뿐이다.

임사체험을 한 사람들은 죽음의 순간, 자신이 빛의 통로를 빠져나가는 경험 끝에 다시 이 세상으로 돌아왔다고 말한다. 그러나 그들 역시 되돌아왔을 뿐 그곳에 안착한 것은 아니다.

우리는 아무도 그곳을 알지 못한다. 그곳과 이곳을 이어주는 수단은 여전히 개발되지 않았으며 배터리가

다 된 전화기가 갑자기 툭, 먹통이 되는 것처럼 생은 그렇게 한순간에 끝난다.

전화기야 재시동하면 되지만, 인생의 배터리는 충전이 안 된다. 그러나 배터리의 초록불이 꺼질 염려가 없는 나이엔 걱정할 필요가 없다. 푸른 잎새가 추락의 아픔을 모르듯, 가을이 끝나고 겨울의 마지막에 터널이 있다는 것 역시 모른다 해도 상관없다.

미리 알지 않아도 되는 것이 인생엔 있다. 알지 않아도 저절로 알게 되는 것이 누구에게나 있는 것이다.

〈가을에 눕다〉
혼자 누운 넓이만큼 당신은 깊어가는 것이다.

가을에 눕다

어떻게 사니?

거기서도 저 달 보이니?

거기서도 가을이

산 위의 노을을 바다로 밀어 넣는

일몰의 한 생이 포구에 앉아 있니?

보랏빛 물감을 어깨 위로 쏟으며

차갑게 내려앉는 황혼에 누워

먼길 바라보는 나무들은 어떻니?

바람에 색칠한 노란 잎 몇 장

돌아선 발길 위로 흩뿌리고 있니?

〈어머니와 접시꽃〉
우리 살던 옛집에 해 지면 꽃도 지고.

- 저자의 친누이 김연해 화가의 그림.

강

엄마보다 네 살 많은 고모는 엄마보다 한 달 먼저 돌아가셨다. 90세가 넘도록 혼자 끓여 드시고, 혼자서 이것저것 다 하시며 살던 고모는 소화불량이라고 찾아간 병원에서 말기 암이라는 진단을 받았다.
무슨 병인지 이야기하지 않는 아들에게 "나, 결심했으니 무슨 병인지 알고나 죽자"라며 다그쳤던 고모는 온몸에 암이 퍼졌다는 사실을 알고 나자, 받을 것엔 침묵하고, 갚아야 할 것 조목조목 일러둔 뒤 곡기 끊고 한 달 만에 강 건너 어딘가로 건너가셨다.
강 건너 어떤 이가 기다리고 있는지, 고모 가신 뒤 한 달 지나 엄마 또한 따라가셨다. 네 살 많은 고모보다 한 달밖에 더 사시지 못했지만 그다지 억울한 일은 아니다.
억울한 이는 엄마보다 여덟 살 적은 이모였으니 팔남

매의 막내딸인 이모는 그 위로 넷이나 앞질러 큰 언니인 엄마 가시고 한 달 지나 강 건너 먼 곳으로 날아가고 말았다.

"이모, 발음이 왜 그래요?" 하고 묻던 것이 병의 시작이었으니 끝내 온몸이 마비된 이모는 콘크리트처럼 딱딱해진 이 세상 버리고 안 보이는 별나라로 훨훨 날아가셨다.

오늘, 한 독거노인이 빈방에 엎어진 채 발견되어 응급실로 실려갔다는 문자를 받아들고 나는 묻는다. 무엇을 지키려고 애쓰며 살았던가? 무엇을 얻기 위해 여전히 쥐고 있는가?

〈봄숲의 환〉
꽃 필 때 지운 문자를 꽃 질 때 생각한다.

〈어머니〉
떠나간 어머니, 달님에 안기셨네.

항구

돌아오면 떠나고 싶고,

또 돌아오면 또 떠나고 싶다 해도

집은 영원한 나의 항구다.

헤어졌다 또 만나고,

헤어졌다 또 만나고 하는 누군가가 있다면

그 사람은 아마 당신의 항구일 것이다.

세상의 모든 배는

항구를 떠나 항구로 돌아온다.

세상의 모든 항구는

아픈 자식 받아들이는 모성母性이다.

편도

삶이란 왕복이 불가능한 기차표 같다.

편도뿐인 그것은 신이 저질러놓은 절망적인 실수다.

그러나 어쩌면 그것은 실수가 아닐지도 모른다.

왕복할 수 있는 기차표가 주어진다면

아마 가진 자나 힘 있는 자,

요령 있는 자들의 전유물이 될 테니까.

인생이 편도만 허용된다는 사실이

실감 나는 나이가 되면

삶의 소중함을 불현듯 깨닫는다.

그것은 마치 통장의 잔고가

얼마 남지 않았다는 사실을

갑자기 알아차리는 것과 같다.

동전 한 푼 허투루 쓸 수 없는

잔고 없는 통장엔 적막이 감돌고,

보람 없이 낭비하던 하루라는 동전을

거액인 양 대우하는 세월의 기찻길엔

환승할 역이 없다.

유배지에서

이 별에 오면서 우리는 왜 왔는지를 잊어버린다.

저 별로 건너가면서 우린 또 왜 가는지도 모르고 간다.

아무것도 모르는 채 살다가 어디로 가는지도 모르고 간다.

추사가 유배 왔던 대정에 와서 생각한다.

우리는 모두 지구라는 별로

유배 온 사람들이 아닐까.

추사는 유배지에서 걸작 〈세한도〉를 남겼다.

나는 이 별에 와서 무엇을 남기게 될까.

무심한 날들

무심할 때가 있는가 하면

하루하루가 백척간두에 서 있는 듯 위태로울 때도 있다.

천길 낭떠러지 앞에 서 있는 듯

불안한 날이 계속될 때

비로소 우리는 무심한 날들의 소중함을 깨닫는다.

깨달음이란 그런 것이다.

내 밖에 있던 어떤 것이 내 안으로 들어와

바깥과 안의 경계가 없어지는 것이다.

단순한 삶

"깨달음이란 단지 존재와 하나됨을 느끼는 자연스럽고도 단순한 상태다." 에크하르트 톨레의 한마디 말이 깨달음을 둘러싸고 있는 미망을 깨트려 놓는다.

"아무것도 깨달을 것이 없다는 사실을 깨닫는 것이 깨달음"이라는 조크 또한, 물리적 상식을 초월하는 어떤 상태를 깨달음이라 믿는 오래된 미망을 깨트려 놓는다. 오랫동안 전해 내려온 깨달음에 대한 환상은 깨어져야 할 때가 됐다. 마치 그것이 특정한 집단의 전유물인 양 오인하는 그릇된 고집이야말로 깨달음을 깨달음이라 인식할 수 없게 만드는 망상이다.

깨달음은 특정한 의상을 걸치거나 특정한 헤어스타일을 하거나 특정한 전통을 통해 얻어지는 것이 아니다. 그것은 구하거나 얻는 것이 아니라 원래 그 자리에 있던 것을 발견하는 것이다. 에크하르트 톨레가 말했듯 '자연스럽고도 단순한 상태'이다. 우리를 부자연스럽게 하는 모든 것은 깨달음과는 거리가 먼 깨달음 이전의 미망이다.

〈달 위에 앉아〉
부르는 소리는 노랗게 흩날리고.

그림의 문장

그러니까 자꾸 어려운 말 끼워 넣지 마. '길 위에 서서 달을 보았다'라고 쓰면 될 것을 '나를 서 있게 한 길 위로 떠 있는 달을 응시하고 있었다' 식으로 그럴싸하게 문장을 만들려고 노력하지 마.

있는 척 보이거나, 아는 척 보이고 싶은 유혹으로부터 벗어나 봐. 어려운 문장 쓰려고 애쓰지 마. 시적詩的이라는 말에 속지 마. 애매모호한 글은 시 비슷한 것이지 진짜 시가 아니야.

시적인 건 단순한 거야. 복잡하게 꾸미는 말은 상대를 속이기 위해 필요한 포장지 같은 거지. 리본을 달고, 때깔 좋은 종이로 겹겹이 박스를 포장해도 알맹이가 싸구려면 싸구려일 뿐이야.

감동은 단순한 것으로부터 오는 법이야. 감동이 없는 글은 공문서처럼 철해서 책상 속에 넣어 두고, 마음이

하는 소리를 받아 적어 봐. 아는 만큼만 쓰면 돼. 모르면 모른다고 정직하게 말하는 게 감동이야.

그림도 글과 다르지 않아. 물감을 칠하려면 그냥 소리를 지르듯 정직하게 내질러 봐. 마음이 시키는 대로 들판을 달려가며 가슴 속 쌓였던 것들 토해내어 봐. 욕망이면 욕망, 분노면 분노, 슬픔이면 슬픔을 그림의 문장 위로 쏟아내는 거야. 비틀고, 꼬고, 꾸미고 치대지 마.

있는 그대로 보고, 마음이 보는 대로 칠하는 거야. 인정받으려 허세 부리지도 말고, 인정받았다고 까불지도 마. 꽃 위에 앉은 나비가 가볍게 날개 펴 사뿐히 허공으로 떠오르듯 날아서 훨훨 세상 위로 올라가 봐.

고요한 기쁨

감정에 반응하지 않는 훈련을 하다 보면 삶이 점점 단순해진다. 화가 나면 화가 나는구나 하며 바라보고, 슬픔이 오면 슬픔이 오는구나 하고 바라볼 뿐 부딪히는 일에 대한 반응의 크기를 줄이다 보면 갈등은 점점 그 횟수가 잦아든다.

단순한 삶은 우리에게 고요한 기쁨을 선물한다. 그때의 기쁨이란 원하던 것을 얻거나, 큰 상을 받거나, 가려운 곳을 긁어주는 쾌감과는 다르다.

그것은 가득 차 있는 주머니를 비워낸 뒤 얻는 가벼움과 비슷하다. 산들바람에 머리카락 맡긴 아침 산책에서 우연히 스쳐간 들꽃의 향기와도 비슷하다.

작가

자신이 무엇을 쓰려고 하는지 주의 깊게 살펴보라.

진정으로 써야 되는 것이 아니면 아무것도 쓰지 말라.

숙련된 요리사는 맛을 내기 위해 재료를 가려 쓴다.

양념 또한 마찬가지라

너무 많이 쓰거나 턱없이 적게 쓰면

맛없는 요리가 된다.

먹지도 못할 요리를 무작정 만들기만 한다고

요리사가 아니듯

작가 또한 꼭 써야 할 것만 써야 한다.

써야 하는 것인지 아닌지를 구별하는 유일한 방법은

내면의 소리에 귀 기울이는 것이다.

〈우주의 요리사〉
은하수 따라서 물고기는 달아나고, 소금을 뿌린 듯 별이 빛나네.

고요의 깊이

침묵은 깊은 호수와 같아서

마음의 심연深淵으로 우리를 빠트린다.

마음의 심연이란 머릿속 소란스러운 재잘거림이

사라진 뒤 닿게 되는 공간이다.

끊임없이 누군가를 저울질하고,

끊임없이 무엇인가를 분별하고 타산하는

머릿속 재잘거림이 사라질 때 우리는 고요와 만나게 된다.

그때의 고요는 무한한 에너지를 품고 있어서

창의적인 생각이나 뛰어난 아이디어는

그 순간 떠오를 때가 많다.

〈벼랑 위의 절창〉
절창이란 절벽에 서서 부르는 노래.

망각

엊그제 만났던 선배로부터 문자가 왔다. 내용은 딱 한 마디, '쑥갓'이었다. 건강과 음식 이야기를 하던 그날 선배와의 대화는 아무리 떠올리려 해도 떠오르지 않는 이름 하나 때문에 답답한 상태로 끝났다.

"그 왜 미나리 대신 매운탕 끓일 때 넣는 것 있잖아. 그거 이름이 안 떠올라. 그 뭐지?"

혀끝에 맴돌기만 할 뿐 함께 머리를 굴렸지만 답을 찾지 못한 우리는 답답함 그대로 헤어질 수밖에 없었다. 집으로 돌아간 뒤에도 선배는 내내 그것을 놓지 못했던 모양이다.

사람 이름, 노래나 책의 제목, 사물의 명칭… 뭐 이런 것들이 안 떠오를 때가 많다. 내가 쓴 시의 제목이나 소설 속 주인공의 이름이 생각나지 않는다거나 캔버스 뒤에 그림 제목을 적어놓고도 엉뚱한 제목을 다시 쓰는 경우 또한 없지 않다.

그러나 대체로 망각이란 좋은 일이다. 슬프거나 아픈 일일수록 더욱.

초등학교 시절의 일까지 다 기억하며 그 시절 우리 집 가구의 위치까지 꼼꼼하게 기억하고 있는 친구를 어쩌다 만나게 되면 신기함을 넘어 무섭기까지 하다.

- 나는 네가 그 시절 살았던 모든 것을 알고 있다.

초등학교와 중학교 동창이라며 어렵게 전화번호를 알아내어 연락을 한 그 친구의 이름조차 나는 기억하지 못했다. 두고두고 미안한 일이지만 그러나 과거는 흘러갔고, 우리는 반복되는 현재만을 살 수 있을 뿐이다.

연민

깨어 있는 모든 것을 향해
자비와 연민의 마음을 보냅니다.
개도, 고양이도, 들판의 풀과 꽃도,
산천을 적시는 소나비까지.
살아 있는 것들은 다 슬픔을 멀리하고
행복을 구합니다.

돈

사람들은 돈에 대해 양가감정을 가지고 있다. 속으로는 원하면서도 바깥으로는 내치는 것이다. 필요로 하면서도 더럽다며 욕하는 이중심리. 그러나 소중하게 여기지 않는 한 돈이 결코 스스로 찾아오는 일이 없다는 것을 우리는 살아가며 차츰 터득하게 된다.
돈을 돌같이 보라는 말은 돈에 묶여 양심을 저버리는 일을 하지 말라는 말이지 실제로 돈을 돌같이 대하라는 소리가 아니다. 집착하며 매이지 않는 한 돈은 그냥 굴러가고 흘러가는 에너지이다.

자유인

분노와 같은 파괴적인 에너지는 생명력을 약화시킨다. 분노의 결과로 우리는 몸의 어떤 부분이 막히거나 상하게 되며 짜증이나 우울함 같은 감정을 경험하게 된다. 반면에 친절하고 따뜻한 마음의 에너지는 생명력을 강화시킨다고 한다.

자유인이란 분노로부터 자신을 분리시킬 수 있는 사람이다. 자유인이란 나와 남이 만들어놓은 제약, 그리고 사회가 만들어놓은 한계를 스스로의 힘으로 벗어던진 사람이다.

성숙이나 성장이란 말은 자기에게 덧씌워진 제약과 한계를 하나씩 벗겨내고 앞으로 나아간다는 말이며 성숙한 사람은 따뜻하고 친절하며 진실하다.

〈피렌체의 고양이〉
두오모 성당 꼭대기에 앉아 누군가를 기다리듯.

세상의 공격

나는 내 인생의 주연배우인 동시에 연출자이다.

세상의 공격에 어떻게 반응하느냐는

오로지 연출자인 내가 결정하고,

주연배우인 나만이 연기할 수 있다.

내가 '나'라는 드라마의 주인공이다.

쏟아지는 공격에 예민하게 대응하지 않고

무반응을 선택하면

웬만한 일은 수그러들다가 마침내 사라진다.

존재할 수 있는 시간

물리적으로 우리는 현재가 아닌 어떤 시간 속에도 존재할 수 없다. 과거니 미래니 이름 붙여놓았지만 우리가 실제로 경험할 수 있는 시간은 지금 이 순간뿐이다.

Here & Now,

그 어디에도 있지 않고 다만 여기 있을 뿐 과거나 미래는 생각 속에만 존재하는 일종의 가상현실이다.

나

에고와 나를 동일시하는 한

마음의 고통으로부터 벗어날 수 없다.

내가 겪는 고통은

내가 아니라

내 에고가 겪는 아픔이다.

밀레의 시간

새들이 그들의 집인

숲으로 돌아가고 있다.

다가오는 저녁 앞에 고개 숙인 햇빛이

달리던 말처럼 발을 멈추고

세상은 잠깐 경건해진다.

시끄러운 것은 여전히

감사할 줄 모르는 인간의 욕망

바닥에 엎드려 꽃들이

저녁의 기도 아래 몸을 낮춘다.

기도

더 이상 아무것도 할 수 없을 때, 세상과 연결된 나를 잃어버렸을 때, 그때는 묵묵히 기도할 때다. 비로소 내 안의 거인을 부를 때가 된 것이다.

〈먼길〉
오늘 저 먼길을 가기 위해 당신의 눈빛이 필요합니다.

새봄

새여름, 새가을, 새겨울이란 말은 쓰지 않는다. 유독 봄만 새봄이라고 부르는 이유는 무엇 때문일까? 무채색의 겨울이 지나간 뒤 새봄이 온다.
봄을 새봄이라 부르는 이유는 겨울이 그만큼 춥고 길었기 때문이다. 겨울의 시련을 뚫고 하늘 높이 솟아오르는 새의 비상이 눈부신 것은 날개 달린 것이 가진 자유 때문이다.

〈달 위에 누워〉
누워보면 안다. 달이 따뜻한 침대라는 것을.

은발

은발도 아름답다.

높은 자리 탐하지 않고, 권력도 가지려 하지 않고,

바닥에서 피다가 바닥에서 지는 할미꽃의 은발.

허리 굽힌 채 서 있는 할미꽃은

자줏빛 꽃 지고 나면 은발이 된다.

우거진 숲 피해 햇볕 드는 양지에서

고개 숙인 채 피어 있던 꽃.

반짝거리는 은발이 우리 개 삽살이 닮았다.

그물코

강한 에고는 촘촘한 코를 가진 그물과 같다.
촘촘한 그물코를 통과해야 하니
찢기는 아픔이 얼마나 크겠는가.

잘난 사람일수록 에고가 강하다.
'너 잘났다'라는 말은
'너 세상 살기 참 힘들겠다'라는 말과 다름이 없다.
칭찬이 아니라 한탄이나 멸시라는 뜻이다.
마음의 그물코를 느슨하게 해야 세상 살기 편하다.

에고가 가장 좋아하는 것은 칭찬이다.
그것에 맛들인 에고는 겸손과 점점 멀어진다.
칭찬받는 순간 에고가 어떤 반응을 보이는지
잘난 사람들을 관찰하면 알 수가 있다.

낙서

숫자는 내게 어색한 손님 같다. 그것들과 한 번도 친해 본 적이 없다. 동그라미를 하나 그리고, 그 뒤에 하나 더 동그라미를 그려 넣고, 잔고 없는 통장 위로 낙서나 한다.

간다

세월은 가고, 사랑도 간다. 눈물도 가고, 기쁨도 간다. 버스도 가고, 전철도 가며 좀 더 머물 줄 알았던 눈부신 시절은 붙잡을 틈도 없이 어느새 가버리고 없다.
책을 쓰거나 그림을 그릴 때면 손을 씻는다. 편지가 든 봉투를 개봉할 때도 씻지만 이제 종이로 된 편지는 더 오지 않으니 손 씻을 일이 없다.
오는 것은 수도세, 전기세, 과태료를 납부하라는 건조한 고지서뿐. 모든 종이가 다 책이 되는 줄 알았던 그 옛날 독서광은 연둣빛 계절이 가듯 가버리고 없다.

올리다

벽 위엔 책 대신 그림.

구석에 놓여 있는 하얗고 검은 건반 위에도 그림.

그림과, 음악과, 문장이 섞이고 흐드러져 삶을 만든다.

빵 굽는 냄새에서 평화를 느끼는 가난한 후각은 캔버스 위에다 올리면 잘 익은 갈색이다.

유화를 그릴 때는 칠한다는 표현보다 캔버스 위로 물감을 올린다고 말한다. 브라운 색의 말랑거리는 사랑을 씹으며 곰삭은 향기와 잊어버린 친구의 얼굴을 캔버스 위에다 올린다. 함께 가는 사람인 동행자companion, 즉 친구는 라틴어로 빵을 나눠 먹는 사이를 뜻한다고 한다. 함께 빵을 먹든, 차를 마시든, 그도 저도 아니면 빈 캔버스에 물감을 칠하든, 보고 싶은 친구를 만난 듯 분노를 평화로 바꿀 수 있는 사람이 진짜 예술가다.

〈시인과 돌고래〉
가진 것 없어도 행복한 돌고래야, 네가 정말 시인이다.

멘토도 멘토가 필요하다

당신의 멘토도 멘토를 필요로 한다.

지상에 있는 어떤 이도 절대적인 존재는 없다.

당신이 믿는 멘토는 어쩌면 멘토가 아닐지도 모른다.

내 인생의 가장 소중한 멘토는 나 자신이며

가장 중요한 일 또한

나 자신을 이기는 일이다.

물고기 풍경

절집 처마 끝에 매달린 풍경에는 물고기 한 마리가 달려 있다. 안나푸르나가 펼쳐지는 산악 국가 네팔의 풍경엔 물고기 대신 나뭇잎이 달려 있다.
한국의 절집에선 물고기가 흔들리며 종소리를 내고, 네팔에선 나뭇잎이 풍경을 흔들어 종소리를 내는 것이다.
살생을 금하는 절집의 풍경에 물고기가 매달려 있는 것은 잠자는 시간을 아껴 정진하라는 뜻이 숨어 있다.
잠잘 때는 물론이고, 죽어서도 눈을 감지 않는 물고기가 잠 안 자고 정진하는 수행의 상징이 된 것이다.
물고기뿐 아니라 숲을 지키는 나무들도 마찬가지다.
평생을 한 자리에 선 채 나무는 밤이나 낮이나 그 자리를 지키고 있다. 우리가 잠자는 시간에도 그들은 그들 몫의 생을 버텨내는 것이다. 잠자지만 그들은 자는 것이 아니다.

바이엘

바이엘을 떼자마자 피아노를 가르치는 레슨을 한다면 어떻게 될까? 인생에선 이런 일이 적지 않다. 더 배워야 할 이가 가르치고, 그가 바이엘 수준의 교사인지도 모른 채 배우기 위해 사람들은 건반에 손을 얹고 삶이라는 피아노를 배우기도 한다.

당연한 말이지만, 바이엘을 떼었다고 해서 수준 있는 연주를 할 수 있는 것은 아니다. 인생이라는 콘서트는 결코 바이엘 수준으로 해결되는 무대가 아니다.

〈피아노〉

여행이란 피아노를 치는 것과 같아서 검은 건반과 흰 건반이 번갈아 소리를 내듯
구두와 대지가 만나 스텝을 밟고 기다림과 낯섦이 만나 나무 한 그루를 만드는 것이다.

인생 여행

인생이란 여행은

마음의 긴 통로를

통과하는 일이다.

통로의 입구부터 출구까지

맑은 날도 있지만 비 오는 날도 있다.

2부

사라져서 아름다운

〈혼자 가는 길〉
살아 있는 모든 것은 혼자가 된다.

혼자 가는 여행

혼자 가는 여행엔 침묵이 따른다.
뛰어난 음악에도 쉼표가 있고
뛰어난 그림에도 여백이 있다.

언어 또한 다르지 않아
빼어난 시는 그 자체가 침묵이다.

해 뜨기 전

해 뜨기 전이 가장 깜깜하다.

그러나 장미 향기는 깜깜한 새벽에 가장 진하다.

지금 어두운 내 인생도

해 뜨기 전이라 그런 것일 뿐.

꽃잎을 오므린 채 기다리는 장미처럼

기다려야 때가 온다.

〈달을 향해 누운 시인〉
일출봉에 누워서 밤하늘 바라보네.

남은 시간이 많지 않다

뭔가를 방어하기 위해 기울이는 노력을 줄일 수만 있어도
삶은 조금 편안해진다.
아무것도 아닌 것들을 방어하느라
삶을 소모하기엔 시간이 아깝다.
누가 나를 모욕했다 한들
내가 반응하지 않으면 무슨 상관이겠는가.
나는 그가 알고 있는 내가 아닌데
그 사람이 만들어놓은 나 아닌 나를
방어하고 변명하느라 인생을 보내기엔
남아 있는 시간이 많지 않다.

바닥

주저앉는 순간,

바닥을 하나의 에너지로 삼아 솟아오를 수 있다면

무너질 사람은 없다.

천 길 낭떠러지 앞에서

한 발 내딛으라는 말이 있지만,

물러서려 해도 물러설 곳 없는

위기의 감정이 에너지로 바뀌어

다시 한 번 치솟을 수 있는 힘이

바닥엔 고여 있다.

날개

우리가 날지 못하는 것은
날개가 없어서가 아니라
날개를 펴지 못하기 때문이다.

허공에 발자국 하나 남기지 않고
새들은 잘도 날아가지만
마음의 속박에 묶여 우리는
가지고 있는 날개조차 펼 생각을 안 한다.

우리를 구속하는 것은 우리가 처해 있는 상황이나
순간순간 마주치는 현실이 아니라
그런 상황과 현실에 대한 집착인지 모른다.

바늘에 꽂힌 채 날아가지 못하는

표본상자 속의 곤충처럼

상황 또는 현실이라는 바늘에 집착해

우리는 스스로를

한 곳에 꽂아놓고 있는 것은 아닐까?

〈비행〉
날아서 밤하늘을 건너갈 수 있다면.

전생

필리핀의 한 부족에겐 '싫어하다, 미워하다'라는 단어가 없고, 에스키모의 어느 부족에겐 분노라는 감정이 없으며, 아프리카의 마사이족에겐 '죽는다'는 말이 없다고 한다.

세상 돌아가는 꼴을 보고 있자니 이 땅에선 머지않아 용서나 화해라는 단어가 사라질 것 같다. 어떻게, 왜 여기까지 온 것인지 생에 대한 의문으로 하루가 숨가쁜 날, 전생이 궁금해서 누군가를 찾아갔다. 지금 일어나고 있는 일, 지금 겪고 있는 일의 원인을 알고 있을 것 같은 이를 찾아 삶에 대한 의문을 털어놓고 싶었던 것이다. 그런데,

"왜 전생을 기억하려 하는가? 한 번의 생으로도 충분히 고통스러운데."

선禪의 저명한 스승이신 조주선사가 나 들으라고 한 것인지 남겨놓은 말씀이다.

삶의 가르침

만나지 말았어야 할 사람을 만난 경우는 없다.

오히려 꼭 그 사람을 만났어야 하는 것이다.

원수같이 헤어졌다 해도

그는 내 삶에 필요한 역할이 있었던 것이다.

인생은 우리를 그렇게 가르친다.

〈초식동물에 기대어〉
때로는 어딘가에 기대고 싶다.

사라져서 아름다운

그 자리에 있어서 아름다운 것이 있다.
나무, 산, 별, 이런 것이다.
사라져서 아름다운 것도 있다.
안개, 강, 꽃, 이런 것이다.

벚꽃 잎 날리는 봄날의 산길을
헌 신발 벗어들고 걸어가 보라.
흘러서 사라져야 강은 강답고,
안개 속에 지워져간 젊은 날의 약속은
더 이상 지킬 수 없어 아름답고 애틋하다.

빨갛게 열매 익은 산수유 마을의 가을은 어떤가.
잎 떨어져 앙상한 가지에 매달려
추락할 시간을 준비하는 기다림은

차가운 서리인 양 속절없고 애잔하다.
시리듯 그리운 것이 인생엔 있다.

사라져서 아름다운 것이 진짜 아름다운 것이다.
사람 또한 마찬가지라
가고도 돌아오는 삶이 있다면
생은 생이 아니라 재앙이다.
소멸은 유한한 삶을 위한 신의 선물이니
속박된 생이여 이제 안녕!
자기 몫의 생을 향해 고개 숙이는 작별 인사는
허리를 굽히고 봐도 감사하고 아쉽다.

다른 별

참으로 이해할 수 없는 사람들이 있다.

뭐 저런 인간이 다 있지 했는데,

오히려 그 사람이 나를 향해 정말 이해하기 힘들다고 한다.

그 순간 각성이 온다.

저 사람과 나는 다른 별에 살고 있구나.

그래서 안 통하는구나!

이해하면 좋겠지만

다른 별에 살고 있는 사람들을 이해하기 위해

스트레스를 받아야 할 이유는 없다.

그들은 다만 우리와 다른 질서 속에 살고 있을 뿐이다.

배신의 드라마

쉽게 상처받는다면 마음을 바꾸는 게 좋다.
인생이란 드라마엔 배신이 필요하다.
갈등은 드라마를 흥미롭게 만든다.

나를 배신한 그를
드라마 속 인물로 바라볼 수 있다면
그와 내가 맡은 역할 또한 알아차릴 수 있다.
삶이라는 드라마에서 그는 단지 악역을 맡은 것뿐이다.

상처와 이해

상처가 많은 사람일수록 냉소적이거나 공격적이다. 다칠 것이 두려워 먼저 벽을 쌓거나 선제공격하는 것이다. 상처를 알면 공격 또한 이해할 수 있다.
그러나 이해만으로 용서가 되는 것은 아니다. 이해는 용서의 첫 단계일 뿐. 누군가를 이해하기 위해선 저항 없이 상대를 바라보는 법을 배워야 한다.
저항이란 싫다며 밀어내는 감정이며, 욕망이란 좋다고 끌어당기는 감정이다. 저항 없이 바라본다는 말은 상대를 이렇다 저렇다 평가하지 않고 있는 그대로 바라본다는 말이다.
있는 그대로 바라볼 수만 있다면 우리는 지금까지 보지 못했던 것들을 발견하게 된다. 내가 보지 못했던 것들은 상대 또한 보지 못했던 것들이다. 우리는 서로 보고 싶은 것만 보며 살아온 것이다.

있는 그대로 바라보는 것. 그것이 이해의 첫 단계이다. 내려놓아야 할 것들 내려놓지 못한 채 집착하는 사람은 노화의 속도가 빠르다고 한다.

고통과 저항

고통의 원인을 제거할 수 없다면
그것에 반응하는 방식만 바꿔도 견디기 낫다.
나를 힘들게 하는 고통은,
아픔이라는 물리적인 충격과
그 충격이 싫다고 밀어내려 하는 나의 저항이 섞여 있다.

저항을 내려놓을 수만 있다면
고통은 내려놓은 그만큼 줄어든다.

우아하지 않게

자기밖에 모르는 이기적인 사람과는

얼른 끝내는 것이 좋다.

끝냄이 꼭 우아해야 될 이유는 없다.

이기심 때문에 상처받기보다는

우아하지 못한 내 행동을 잊어버리는 것이 더 수월하니까.

기회

삶은 우리에게 늘 기회를 제공한다.

그러나 우린 그 기회를 늘 놓치며 산다.

인생은 수많은 경험으로 구성되어 있다.

우리는 그것을 좋은 경험과 나쁜 경험으로 분류하지만

경험은 그냥 경험일 뿐 좋고 나쁜 것이 없다.

좋다거나 나쁘다는 것은 해석의 차이이며

해석이 달라지면 평가 또한 달라진다.

경험은 우리에게 학습의 기회를 제공한다.

새로운 차원으로 진화하는 창窓을 여는 것도

경험이 하는 일이다.

타인의 별

타인의 입장에서 보면
나는 철저하게 이기적인 사람이다.
나의 별에서 통용되는 공식을
타인의 별에 적용하려 하는 한
우리는 모두 이기적이다.
'나와 너'로 분리되는 각자의 별에 대한 혼동.
그것이 우리를 반목하게 한다.

당신의 별을 이해하지 못해 미안하다.

〈클림트보다 진한 키스〉
키스는 또 다른 우주와 만나는 길.

사랑이 끝날 때

사랑이 끝날 때 우리는 미워할 이유를 찾는다.
사랑에 가려 보이지 않던 미움의 이유가
하나씩 모습을 드러내는 것이다.
지금까지 사랑이라 믿었던 것이
스스로 만든 집착일 뿐이라는 사실을
우리는 그렇게 미움을 통해 증명한다.
마음이 하는 짓에 늘 속고 사는 것이다.

이별

헤어진다는 것은

각자의 별로

돌아가는 일이다.

소유

함께 여행하면 그 사람의 많은 것을 알게 된다. 헤어져 있으면 그 사람이 차지했던 내 안의 영역과 만나게 된다.
사랑은 짧은 시간 기쁨이지만, 더 많은 시간 고통이다. 같이 사는 것 또한 마찬가지다. 안 보이던 것들이 보이고, 안 들리던 것들이 들린다.
어떤 상대이건 함께 산다는 일은 쉽지 않은 일이다. 모든 것이 그러하지만 너무 가까이 있으면 객관적인 판단이 어렵다. 멀리 있어야 보고 싶어지듯 사랑에도 적절한 간격이 필요하다. 모든 어려움은 대상을 존재 상태로 두려 하지 않고 소유하려 하기 때문에 생긴다.

무관심

무관심한 사람의 내면은

두려움이나 상처로 가려져 있다.

사랑의 반대말이

증오가 아니라 무관심이라는 것은

그것이 두려움과 상처에서 비롯되기 때문이다.

치명적인 사람

가장 치명적인 유형은 자신의 책임을 부인하는 사람이다. 그들은 언제나 원인은 상대에게 있고 자신은 피해자라고 강변한다. 그러나 그런 강변은 자신이 자기 삶의 주인이 아니라는 사실을 스스로 인정하는 일이다.

자신이 져야 할 책임을 타인에게 떠넘기며 그는 인생에서 자신이 맡은 역할을 주인 아닌 하인으로 한정시켜 놓는다. 그 사람이 그러저러했기 때문에 나는 이러저러할 수밖에 없다는 변명은 자신이 그 사람에 의해 조종되는 꼭두각시라는 걸 실토하는 말과 같다.

하인으로 살 것인지, 주인으로 살 것인지는 스스로 결정하는 것이다. 자신에 대한 어떤 것을 타인이 결정하도록 떠넘기는 일은 스스로 주인이기를 포기하는 일이다.

인생에서 만날 수 있는 가장 치명적인 사람은 책임을 떠넘긴 채 자신만 빠져나가는 사람이다. 그런 이를 상사로 만나면 직장은 울분의 고해소가 되고, 어쩌다 그런 이를 연인으로 만나게 되면 연애는 연애가 아니라 거래로 변한다.

무서워서 피하는 것이 아니라 더러워서 피한다. 치명적인 사람을 만나면 피하는 것이 답이다.

〈꿈속의 안나푸르나〉
혹한의 세상에서 빛나는 것은 얼른 피고 얼른 지며 스스로를 넘는다.

상처의 향기

사랑이라 믿었던 것이

사랑이 아니라는 사실을

감정의 물결이 지나간 뒤 깨닫는다.

상처 또한 마찬가지다.

상처라고 여긴 것이

사실은 성장을 위한 양식이라는 사실을 깨닫는 순간

아픔에 대한 인식이 달라진다.

상처에도 향기가 있다.

버림

버림받았다고 생각하는가?
그러면 당신도 버리면 된다.
당신이 버려야 할 목록에
당신의 그 잘난 생각 또한 빠트려선 안 된다.
나를 버릴 수 있는 사람은 나밖에 없으니
인간관계에서 이루어지는 모든 이별은
인연이 다했기 때문이다.

적에게
감사

겨울이 깊으면 어디선가 숨죽인 채 봄이 움튼다. 왔다 싶으면 그 봄도 언제 그랬냐는 듯 얼굴을 바꾸며 계절은 또 한 번 순환할 것이다. 항상 그대로이지 않는 것을 가리켜 무상無常이라 하지만 세상의 모든 것은 정말 순환하고 변화한다. 그런 순환 속에서 꽃이 피고 꽃이 지듯 한때의 친구가 적으로 바뀌고, 적이었던 존재가 친구가 되는 일은 흔하고 흔한 인간의 일상이다.

여름날, 정원에 무서운 속도로 자라나는 잡초를 미워하기는 쉽지만 그것을 솎아내기란 쉽지 않다. 마찬가지로 내게 적대적인 사람 또한 미워하기란 쉽다. 그러나 고맙게 여기기는 쉽지 않다. 유실되는 흙을 막기 위해 잡초가 필요하듯 미워하는 그 사람 또한 인간적인 성장을 위해 내게 필요한 존재라는 것을 모르기 때문이다.

〈기린과 황혼〉
상처도 저토록 황홀한 것이 있다.

치통

치통이 찾아왔다.

고통을 통해 아무것도 배우지 못한다면

고통은 단순한 아픔일 뿐이다.

이빨에게 말한다.

내 입 안에 있는 너는

이빨이 아니라 나의 스승이다.

이별 뒤

모든 것이

단순해지기까지는

시간이

걸린다.

슬픔의 다섯 단계

엘리자베스 퀴블러 로스•는 사랑하는 이가 세상을 떠난 뒤 겪게 되는 슬픔의 반응을 다섯 단계로 나누었다. 부정과 분노, 그리고 타협과 우울을 지나 수용의 단계로 간다는 것이 그것이다.

수용의 단계까지 가기 위해선 시간이 필요하다. 그런 시간은 물론 단축될수록 좋다. 마지막 단계까지 가는 동안 슬픔은 조금씩 우리를 변화시킨다. 받아들임으로써 비로소 우리는 슬픔으로부터 자신을 보호하는 것이다.

슬픔은 흉기 같아서 잘못 다루면 다치기 쉽다. 칼을 다루는 가장 효과적인 방법은 조심하는 것이다. 함부로 휘두르지 말고 칼집에 넣어 조심스레 보관해야 한다.

• 죽음에 대한 연구에 일생을 바친 스위스의 정신의학자.

칼을 칼집에 넣기 위해서는 그것을 내 의지의 통제하에 둘 수 있어야 한다. 넣겠다는 의지가 있어야 칼은 칼집에 들어가는 것이다.
슬픔 또한 마찬가지다. 슬픔을 안전한 칼집 속에 넣기 위해서 우리는 감정을 통제하는 의지력을 길러야 한다.

〈나타샤와 붉은 길〉
수많은 탄식이 산을 이루고, 그 산을 등에 진 채 한 세상을 넘는다.

둥근 평화

어떤 일에 대한 결과는 그 일의 크기와 모양 그대로 나타나진 않는다. 최선의 노력을 다했다고 해서 결과가 꼭 최선으로 나타나진 않는 것이다.
호수에 돌멩이를 던지면 돌멩이는 가라앉고, 둥글게 원을 그리며 파문이 일어난다. 일의 결과 또한 그렇게 나타난다. 돌멩이는 가라앉아 보이지 않고 파문만 둥글게 일어나는 것이다.
혼탁하던 물도 진흙이 가라앉은 뒤 깨끗해지듯 지금 겪는 혼돈 또한 스스로를 정화하는 진흙과 같다. 마음을 가라앉혀 기다릴 수만 있다면 불순물은 가라앉고, 파문이 일듯 둥근 평화가 찾아온다.

좌탈입망

벌레 한 마리 닷새째 꼼짝 않고 천장에 붙어 묵언 중이다.

가만히 살펴보니 알맹이가 없다.

껍질만 남겨놓고 혼은 이미 떠나갔나 보다.

거꾸로 매달려 좌탈입망•한 벌레 하나가

분주한 내 안을 들여다본다.

껍데기에 홀려 우리는 늘 알맹이를 놓친다.

• 선禪의 대가들이 앉은 채 세상 떠나는 것을 좌탈입망坐脫立亡이라 한다.

결핍과 성취

우리는 언제나 결핍에 시달린다.
가지고 있어도 마음은 늘 부족하다고 느끼는 것이다.
그렇다면 결핍은 마음의 문제인가 물질의 문제인가.
마음의 문제라면 그 마음의 주인은 누구인가.
그것이 아니라 물질의 문제라면 결핍이 해소되는 물질의 크기는 어디까지인가.
봄이 들판에 꽃을 피운다. 당연하지만 저 꽃이
영원히 필 것은 아니다.
봄이라는 조건이 주어졌기에 피었을 뿐
조건이 사라지면 꽃도 사라진다.
물질도, 마음도, 조건이 주어지면 일어나고
조건이 사라지면 따라서 사라진다.
삶 또한 마찬가지라 조건이 다하면 끝나게 된다.
내게 주어진 생의 조건은 어디까지일까?

죽어도 크게 아깝지 않은 나이가 되면
삶의 완성은 성취에 있는 게 아니라
버림에 있다는 것을 깨닫게 된다.

〈나타샤〉
당신이 존재하는 그 배경 뒤로 눈이 내린다.

부자

당신이 천국에 간다고 해도 당신의 마음은 오래지 않아 '좋긴 하지만'이라고 말할 것입니다. _에크하르트 톨레

좋긴 하지만 돈이 없어.
좋긴 하지만 시간이 없어.
좋긴 하지만 난 이제 늙었어.

두리번거리며 마음은 결핍의 이유를 찾는다.

좋긴 하지만 다 부질없는 일이야,
좋긴 하지만 마냥 좋아할 수만은 없어,
좋긴 하지만 더 좋은 것이 있을 거야.

마음은 한자리에 머무르질 못한다.
마음의 결핍은 멈추기가 힘들다.
만족할 줄 모르는 이는 정지할 줄도 모르니
진정한 부자는 그 모든 결핍으로부터
자유로운 사람이다.

장작을 태우며

장작을 지펴보면 안다. 요란한 소릴 내는 나무는 오래 타지 못한다. 실속 있는 것들은 소리가 없어도 꺼지지 않고 오래 탄다.

사람도 마찬가지다. 오래 가는 친구는 말이 필요없다.

슬픔의 절제

슬픔을 극대화할 수 있는 것은 슬픔의 절제다. 금세 터져 나올 것 같은 울음을 최대한 억누르며 연주되는 음악은 마음속 슬픔을 갈 데까지 몰아간다.
그러나 몰려가는 마음 역시 절제된 상태를 잊지 않는다. 폭풍처럼 몰아치는 포르테보다 여린 피아니시모가 더 감동을 줄 수 있는 이유는 그 때문이다. 절제는 격렬한 슬픔보다 더 오랜 시간 가슴에 흔적을 남긴다. 포르테 같은 젊은 시절을 떠나보낸 뒤 피아니시모에 귀 기울이게 되는 시간, 음악은 종종 지워지지 않는 무늬를 마음 깊이 남긴다.

〈당신이라는 이름의 새〉
나는 너를 새라고 불렀다.

존재의 표면 긁기

상처를 내고, 상처를 받는 인간관계는
모두 에고의 차원에서 일어나는 일이다.
우리의 본성은 상처 낼 일도, 상처 날 일도 없다.

누가 당신을 아프게 하면 기억하는 것이 좋다.
그것은 단지 존재의 표면을 긁는 일일 뿐
본질과는 상관없다는 것을.

기다림

아무리 하잘것없는 인생이라 해도

거기엔 우리가 모르는 존재의 이유와 가치가 있다.

그런 가치에 대한 혼돈은 갈등을 부른다.

혼돈이란 이상과 현실 간의 괴리가 심할 때 일어나며

이 상태에선 올바른 판단을 내릴 수가 없다.

목마른 나무가 비를 기다리듯,

배고픈 아이가 엄마 오길 기다리듯,

그때 우리가 할 수 있는 단 한 가지 일은

묵묵히 기다리는 것이다.

인간이 살다가 떠난 곳엔 폐허가 남는다.

마음의 폐허에 다시 샘이 솟고,

새가 돌아오도록 기다리는 일,

시인이 하는 일은 그런 일이다.

인생의 시인이란

생명과 삶이 조화로운 관계를 맺도록 하는

기다림의 존재를 일컫는 말이다.

열탕과 냉탕

적당히 열중하다가 물러서는 관계에선 배울 게 없다.

건강을 위해 열탕과 냉탕을 번갈아 들어가듯

삶도 불같이 열중하고 얼음처럼 싸늘해질 필요가 있다.

경험의 극과 극을 번갈아 오간 이가 얻는 소득은

천국과 지옥 사이에 뭐가 존재하는지

가보지 않아도 알게 된다는 점이다.

〈장미와 별〉
너를 안으면 내 심장에선 지구가 자전하는 소리가 들린다.

보석

"이 외길이여, 행인 하나 없는데 저무는 가을."

하이쿠의 명인 바쇼가 남긴 글이다.

한 줄의 짧은 시로 삶을 노래하는 그의 시를 읽다가

갑자기 눈물이 흘렀다는 친구의 문자를 받는다.

저무는 가을 때문이겠지.

울었다는 말끝에 친구는

변명을 하듯 그런 말을 덧붙였다.

울어야 할 일이 점점 없어진다.

슬픔 때문에 흘리는 눈물이 아니라

감동 때문에 흘리는 눈물 말이다.

그러나 살아 있는 우리는 아직도 운다.

여전히 두근거리는 가슴이 있는 한 우리는 운다.

눈물 없는 삶을 부끄러워할지언정

눈물 많은 마음을 부끄러워할 이유는 없다.

떨어지는 꽃잎 하나에도

사랑과 연민의 마음 일으키는

영롱한 그 눈물이 보석이다.

양심과 등대

인생에서 우리가 해야 할 일이 목록으로 정해진 것은 아니다. 그러나 하지 말아야 할 일에 대해선 묵시적인 동의가 있다.
그런 동의를 어기는 사람을 우리는 양심 없는 사람이라고 말한다. 이때 양심 없는 사람이라는 말 속엔 정작 해야 할 일은 하지 않고, 해서는 안 될 일을 하는 이에 대한 사회적 비난 같은 것이 숨어 있다. 해야 할 일과 해서는 안 될 일을 구분하는 심리적 기준에다 세상은 양심이라는 이름을 붙여 놓은 것이다.
그것은 마치 밤바다의 등대 같아서 인생이라는 항로에 길을 제시한다.

양치

하루를 상쾌하게 하기 위해

솔향기 나는 치약을 칫솔 위로 짜낸다.

솔 위로 가늘게 누운 치약의 요염한 자태.

한 마리 연푸른 누에 같다.

요염한 것들을 조심하라.

요염한 것들은 거품이 있으니

거품 잘 나는 것들을 경계하라.

잘나가는 삶에는 거품이 있다.

거품에 속아 우리는 날마다 인생을 양치한다.

〈돌고래의 꿈〉
가진 것 하나 없어도 나는 꿈꾸고 있는 동안 행복하다.

통

어리석은 사람은 해야 할 일은 하지 않고, 할 수 없는 일만 하려고 애쓴다. 지혜로운 사람은 해서는 안 될 일은 하지 않고 할 수 있는 일에 모든 것을 바친다.
스스로 어리석다고 믿는 사람은 많지 않다. 자신이 어리석다는 것을 알기까지도 상당한 시간이 걸린다는 사실은 어리석음으로부터 벗어나야 비로소 알게 된다.
"통 안에 있으면서 통을 굴릴 수는 없고, 통 밖으로 나와야 통을 굴릴 수 있다"는 가르침은 어리석음에다 비유해도 새겨들을 만한 말씀이다.
거만하게 발로 굴리든, 아니면 공손하게 두 손 모아 조심스럽게 굴리든 통을 굴리기 위해선 통 밖으로 나와야 한다. 어리석음도 마찬가지라서 어리석음이라는 통 밖으로 나와야 자신이 어리석다는 사실을 알게 된다.

나무와 그늘

백세 시대라고 말들 하지만, 나무처럼 거뜬히 백 살을 사는 사람은 많지 않다. 살면 살수록 거룩해지는 나무처럼 나이를 먹을수록 지혜로워져야 하지만 인간의 백세는 치매에 시달리고, 육체의 쇠약에 무릎을 꿇기 쉽다.
그러나 한평생 바닥에 붙박여 살아도 나무는 비 쏟아지면 비를 맞고, 겨울옷 한 벌 입지 않은 채 퍼붓는 눈보라를 고스란히 견뎌낸다. 혹독한 환경 속에서도 치열한 생을 살며 봄이 오면 또다시 꽃 한 송이 피워내는 것이다.
천년을 사는 나무 앞에 서 보면 인간을 만물의 영장이라 부르는 오만이 무지로부터 비롯되었다는 사실을 깨닫게 된다. 한 자리에 붙박여 꼼짝할 수 없어도 불볕 아래 나무는 온몸을 다해 그늘을 만든다.

〈샤갈의 그림처럼〉
샤갈의 별 위로 눈이 내리면.

버려서 얻는 만족

'모든 이들이 나를 알아보지 못한다 해도 나는 나 자신에게 만족한다. 무엇보다 큰 한 세계가 알아보고 있으니 그것은 바로 나 자신이다.'
자신이라는 존재의 가치를 정확하게 파악하고 있는 이런 경지는 자기도취처럼 보이지만 그렇지 않다. 흔히 사회적 동물이라 말하는 인간은 그가 속한 사회에서 인정받기 위해 얼마나 애쓰며 갈등하는가.
자기라는 존재를 인정받지 못한 사람과 그 인정을 획득한 사람의 차이는 크다. 그러나 아무리 누군가로부터 인정받는다 하더라도 스스로 자기 자신을 인정하지 못하는 경우 마음은 여전히 만족과는 거리가 있다.
나 자신이라는 세계로부터 인정받는 단계, 그것은 어쩌면 구해서 얻어지는 것이 아니라 가지고 있는 것을 내려놓음으로써 얻게 되는 것인지 모른다.

마음의 결핍이 온전히 해소된 상태가 참된 무소유라는 것을 알게 되는 순간 참된 만족 또한 구해서 얻는 것이 아니라 버려서 얻게 되는 것이라는 사실을 덩달아 알게 된다.
인정 또한 마찬가지라 구해서 얻는 것보다 버려서 얻는 것이 더 풍요롭다는 사실을 우리는 인생의 시계가 황혼을 알릴 때쯤 비로소 깨닫게 된다.

〈나들이〉
평화는 초록 속에 우리가 함께 걷는 일.

모르는 곳으로의 여행

그것이 우리를 설레게 하는 이유는 낯선 곳에 간다는 이유 하나 때문만은 아니다. 알아들을 수 없어서 더 좋은 이국의 언어는 새들의 지저귐인 듯 기분 좋게 귀를 간지럽히고, 묶여 있던 것으로부터 해방된 영혼은 근거 없는 너그러움으로 경계를 푼다.
기대와 멸시와 집착과 부러움이 얽히고설켜 있는 익숙함으로부터 벗어나 영혼은 비로소 자유를 누린다.
다만 느낄 뿐 그곳에선 아무것도 기록할 것이 없다.
다가오는 모든 것을 차별 없이 받아들이며 꽃들과 바람과 알아듣지 못하는 말들의 생경함과 햇볕에 그을린 사람들의 주름살 속으로 공기처럼 스며들어 분해될 뿐이다.

산다는 것

잔뜩 웅크린 매화나무가 겨울을 나고 있다.

꽃피우기 위해 저들은 차가운 겨울을 견디는 것이다.

삶에는 꽃 피워야 할 때가 있는가 하면

기다려야 할 때도 있다.

드러내지 않아도 꽃은

저마다 꽃 피우기 위해 애를 쓴다.

쏟아지는 눈 속에서 봄을 기다리며 매화는

언 땅에 뿌리 내린 채 살아내기 위해 겨울을 나는 것이다.

모르고 있을 뿐 관심이 미치지 않는 여기저기,

살아남아야 하는 생명들이 온몸을 다해

겨울을 이기고 있다.

3부

바람에게도 고맙다

아름다운 사람

미움과 비난이 난무하는 세상에서

아픔을 용서로 바꿀 수 있는 이는 아름답다.

무작정 용서

모든 것을 무작정 용서하라고 말할 수는 없다.

용서는 베푸는 것이 아니라

아픔을 넘어서는 일이기 때문이다.

그것은 성숙한 영혼이 일으키는

일종의 기적 같은 것이다.

내 인생의 콩쿠르

유명한 콩쿠르에서 우승한 연주가들은 대중의 환호와 갈채를 받으며 승승장구한다. 그러나 그런 그들의 배경엔 그들 못지않은 실력을 가졌지만 경쟁의 선 밖으로 밀려난 수많은 연주가들이 있다.
불필요한 일이라고 극언할 수는 없지만, 예술을 경쟁의 대상으로 여기거나 순위를 매겨 상품화시키는 일은 그것의 고유한 가치와는 무관한 일이다.
피아노의 대가인 헝가리 출신의 연주가 안드라스 쉬프가 한국의 젊은 피아니스트들에게 콩쿠르에 그만 나가라고 충고한 것은 아마 그 때문일 것이다.
장미가 아름답다고 해서 국화보다 아름다움의 순위가 앞서는 것은 아니다. 꽃에게 순위를 매기는 것은 마치 어린아이에게 아빠와 엄마 중에 누가 더 좋으냐고 묻는 것과 비슷하다. 꽃의 아름다움과 마찬가지로 예술은 경쟁을 통해 최고를 가려내는 달리기나 창 던지기 같은 것이 아니다.

권위를 자랑하는 '살롱전'에 응모했다가 낙선한 화가들이 주축이 되어 만든 '앙데팡당전'은 '신인상주의'나 '입체주의' 같은 미술사조의 모태가 되었다. 저마다 개성이 다른데 당선과 낙선을 무슨 기준으로 정한단 말인가?

예술의 가치를 경쟁의 결과에서 찾는 일은 아름다움의 기준을 화장술의 우열에서 찾는 것과 다르지 않다.

부족한 사람

부족한 잔은 채워 넣을 수가 있다. 그러나 넘치는 잔을 더 채울 수 있는 방법은 없다. 똑똑한 사람을 선호하는 것 같지만 사람들은 나보다 부족한 사람을 좋아한다. 부족한 것 같지만 부족한 것이 아니고, 넘치는 것 같지만 모자라는 것이 세상살이이다. 북아메리카 원주민인 인디언들은 구슬을 엮어 목걸이를 만들 때 깨어진 구슬을 하나씩 끼워 넣는다고 한다.

〈달의 사랑〉

사랑이란 기울다가 차오르는 달과 닮았다.

회귀

치유란 전체를 받아들이며

전체를 내려놓는 일이다.

사랑도 마찬가지이다.

통째로 받아들이고

통째로 내려놓는다는 의미에서

사랑과 치유는 같은 것이다.

치유도, 사랑도

마음의 찌꺼기를 비우는 순간 일어난다.

비운다는 것은

어딘가에 매달려 있는 마음을 쉰다는 말이다.

치유도, 사랑도 마음이 쉰 자리에서 일어난다.

치유란 원래의 자리로 돌아가는 것이다.

사랑 또한 원래의 나로 돌아가는 일이다.

패랭이길에 살다

민들레는 우리를 허리 굽히게 하는 꽃이다.

패랭이도 우리를 낮추도록 하는 꽃이다.

제비꽃, 각시붓꽃, 두메양귀비, 키 낮은 꽃을 보기 위해 무릎을 꿇듯 그렇게 우리는 세상과 만나야 한다.

• 파주 출판단지 가까운 패랭이길에 저자의 작업실이 있다.

별

보이지 않는다고 존재하지 않는 것은 아니다.

보이지 않는 세상에 대해 이야기하면

시큰둥한 반응을 보이는 사람도 있다.

꿈 깨라며 공격하는 사람도 있다.

그러나 보이지 않지만 별들은

대낮에도 우리 머리 위에 떠 있다.

보이지 않지만 세상엔

세상을 움직이는 따뜻한 손길이 존재한다.

그것을 우리는 사랑이라 부른다.

고전적인 사랑

네가 거기 있다는 사실만으로도 나는 행복할 수 있다. 네가 나를 알고 있다는 그 사실 하나만으로도 나는 존재할 가치가 있다. 네가 보낸 한 번의 눈길만으로도 나의 존재는 이 별을 넘어 저 별까지 확장될 수 있다. 알고 보면 사랑이란 '나'라는 존재가 커지는 것이다. 커다랗게 확장되어 그 안에 타인을 품어 안는 일이다.

바람에게도 고맙다

외출에서 돌아오면 쇠로 만든 울타리를 지나 번번이 잊어버리는 비밀번호를 떠올리기 위해 현관 앞에 우두커니 서곤 한다. 때로는 우체부나 검침원이 빈집의 빗장을 채워주고, 나무로 된 데크에 놓인 파라솔이 태풍에 날아가지 않도록 단단히 묶어놓고 간다. 고마운 분들이다.

강력한 힘으로 한반도를 강타한다던 태풍이 견딜 만한 바람으로 바뀌었으니 바람에게도 고맙다는 인사를 드려야 하겠다. 고맙다. 살아 있어서 고맙고, 밥 굶지 않아서 고맙고, 크게 노래를 불러도 방해받지 않는 외딴집이 있어서 고맙다.

장미의 가치

작업실을 옮긴 지 3년, 해마다 장미가 핀다. 찔리지 않게 가시를 피해 코를 들이대며 이 집에 장미를 심은 사람들을 떠올린다. 이사를 가고 없지만 그들도 나처럼 장미 향기를 맡으며 행복해 했을 것이다.
장미의 가치는 향기에 있다. 사람 또한 마찬가지라 눈길을 끄는 스펙보다 인품 그 자체에서 향기가 나는 이가 가치롭다. 떠올리기만 해도 흐뭇하고 행복해지는 향기 있는 사람이 그립다.

〈장미의 성〉
장미는 피어서 날아오른다.

부메랑

증오와 저주의 언어는 저항을 부르지만

사랑한다는 말은 세상을 변화시킨다.

타인을 향해 던진 저주와 증오는

결국 자신에게 되돌아온다.

모든 것의 속도가 빨라진 지금,

미움이 부메랑 되는 속도도 빨라졌다.

사랑받고 싶으면 먼저 사랑을 줘야 한다.

한 마디에 천 냥

어떤 말을 하느냐에 따라
경험하는 세계가 달라진다.

말 한 마디가
천 냥 빚을 갚는다는 속담은
언어로 얻어내는
긍정적인 경험의 최대치를 뜻한다.

프로이트는 그가 쓴 책 《꿈의 해석》에서 자신이 위대한 사람이 되려고 노력했던 것은 "너는 장차 위대한 사람이 될 것이다"라는 어머니의 말 때문이었다고 했다.

봄눈의 커튼콜

봄이 왔는가 싶었는데 눈이 내린다.

지나간 겨울이 그리운지

대지 위로 쏟아지는 서늘한 폭설.

갈채를 받으며 다시 무대 위로 나오는 출연자처럼

봄 의상을 벗어 던진 겨울이

들판 위에 은빛 세계를 펼쳐놓는다.

지나간 겨울을 앵콜로 불러내는
자연의 무대 뒤로
피던 꽃이 움츠린다.
그러나 내리는 눈과 달리 인생엔
앵콜도 커튼콜도 없다.
모든 것은 지나가고
한 번 간 것은 다시 오지 않는다.
앵콜 한 번 받지 못한 객석의 삶이라도
순간이 소중한 건 그 때문이다.

〈봄눈〉
봄에 눈뜨는 모든 것을 위해.

언어의 옷

비판의 언어와 비난의 언어는 입은 옷이 다르다.

비판의 언어는 지성적이지만

비난의 언어는 감정적이다.

감정의 언어는 부정적인 에너지로

관계를 혼란에 빠트리고,

스스로의 인격을 파괴한다.

현명한 사람은 비판과 비난을 구별한다.

정당한 비판으로 비난을 잠재울 수 있을 때

세상은 비관보다 낙관 쪽에 힘을 싣는다.

까뮈와 예술가

"가난과 추악함이라는 이중의 굴욕으로부터 벗어나기 위해 모든 노력을 다해야 한다는 것을 나는 가난 속에서 배웠다."
까뮈가 쓴 이 글을 팍팍한 삶 때문에 세상에 대한 적개심만 커진 이들에게 보여주면 어떨까?

적개심은 상대를 해치려는 마음이다. 넘어트리거나 깔아뭉개거나 상처 내고 싶은 마음이 그것이다. 억누르지 못한 충동으로 상대의 심장에 비수를 꽂는 경우도 없지는 않다.
그런 적개심의 근원에는 나와 너, 그리고 나와 그가 분리되어 있다는 의식이 깔려 있다. 분리된 상태에서 모든 상대는 모르는 타인이며, 적 아니면 적대적인 세력일 뿐 친구가 아니다. 분리된 상태에선 지금 당장

적이 아니라 해도 상황이 바뀌면 언제나 적이 될 수 있는 관계가 일어난다.
그러나 분리되어 있는 것 같지만 세상은 연결되어 있다. 존재의 어떤 차원에선 떨어져 있는 듯 보이는 것들이 존재의 또 다른 차원에선 서로 손을 잡고 있는 것이다. 그것은 마치 꽃과 벌의 관계와도 같아서 꿀벌이 사라지면 꽃 또한 사라지듯 서로가 서로에게 기대어 존재한다.
까뮈는 아마 생존의 절박함으로부터 무엇을 배우게 되었는지를 말하려 했을 것이다. 그것은 척박한 삶의 조건과 맞서는 대다수 예술가들의 삶에 대한 응전 방식과 다르지 않다. 분리된 상태로 존재하듯 보이지만 우리의 의식은 내밀한 차원에선 연결되어 있다. 눈에 보이지 않지만 각각의 개성이 우주적인 의식으로 모여 예술 또한 긴밀하게 소통되고 있는 것이다.

〈푸른 밤의 콘서트〉
때로 밤은 내게 푸른 옷을 내민다.

다 지나간다

누군가를 돕기 위해 마음을 내거나,

고통받는 누군가와 함께 있을 때

우리는 우주의 에너지와 연결된다.

누군가를 있는 그대로 받아들이고 사랑할 때

우리는 우주의 거대한 힘을 내 것으로 만들게 된다.

분노, 외로움, 상처, 이것들은 내가 아니다.

그것들은 내가 놓아버리면 없어지는

내가 '만든 것'일 뿐이다.

고통도, 기쁨도 다 지나간다.

지나가는 것들은 내 것도 아니며 나도 아니다.

무소유

참된 무소유는
얼마나 가졌느냐 그렇지 않으냐보다
가진 것을 얼마나 나눌 수 있느냐 그렇지 않느냐에
달려 있다.
아무것도 가진 것이 없는 자는 거지일 뿐이다.
나누는 마음이 없는 무소유는 거지이며,
남는데도 나누지 않는 경우는 도둑이다.

마음의 온도를 올려라

멀리 있어도 가까운 사람이 있고
가까이 있어도 멀리 있는 사람이 있다.

사람과 사람 사이의 거리는
길이로 잴 수 있는 것이 아니라
마음의 온도로 측정된다.
가까워지고 싶으면 마음의 온도를 올려야 한다.

따뜻한 마음이란
나와 상대의 떨어져 있는 거리에
온기를 만드는 말과 행동을 뜻한다.

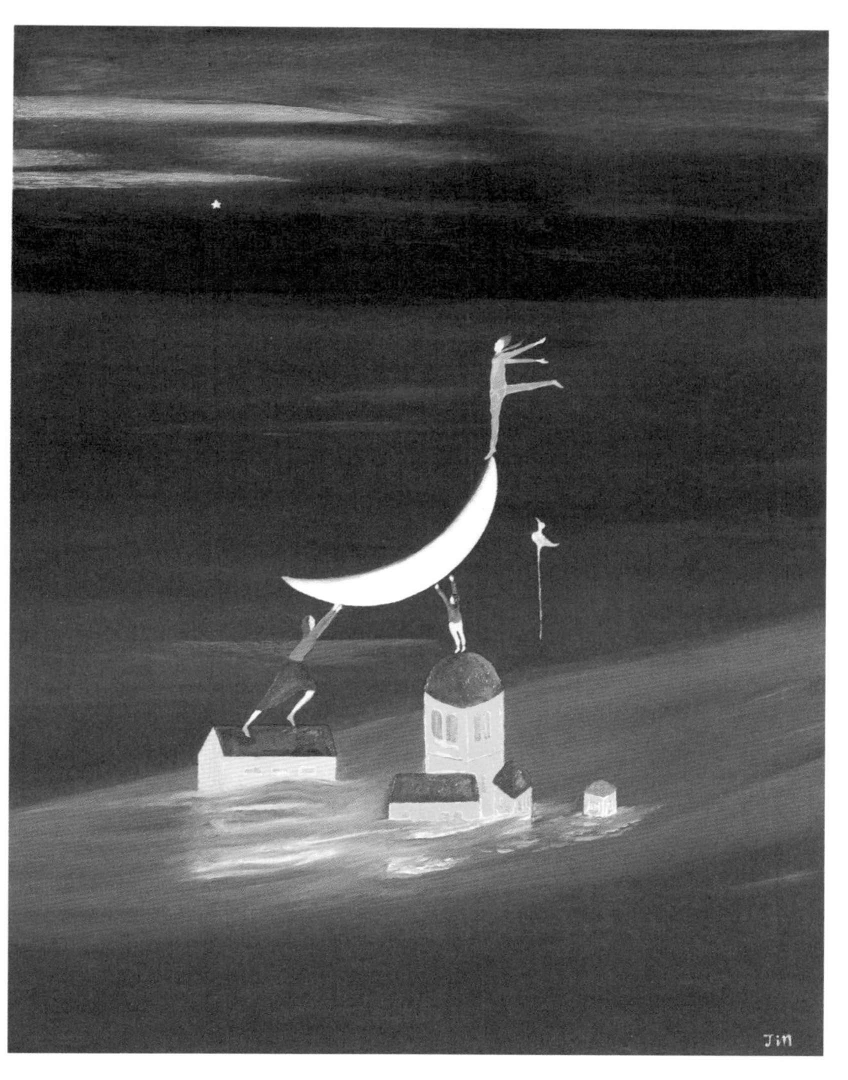

〈카르페디엠 - 가족〉
우리가 살아가는 한 가지 이유.

보고 싶은 얼굴

하고 싶은 일과 하고 싶지 않은 일이 있다.
살아오면서 대체로 하고 싶지 않은 일은 하지 않았다.
예를 들면 정당하지 않은 일에 고개를 숙이거나, 허리를 굽혀 누군가에게 복종하는 일이다.
그러나 하고 싶지 않아도 할 수밖에 없는 일이 삶에는 많다. 시간이 가고, 살아온 날보다 살아갈 날이 더 짧은 나이가 되면 하고 싶지 않은 일은 단호하게 하지 않는다. 만나고 싶지 않은 사람은 단호하게 만나지 않는다.
보고 싶은 사람만 보며 살아가면 좋지만, 보고 싶은 사람 숫자가 점점 줄어드는 것은 슬픈 일이다. 보고 싶은 얼굴은 대체로 과거에 있고, 돌이켜보면 그들은 따뜻했다.
얼마나 시간이 더 주어질지 모르지만 떠올리면 따뜻해지는 그런 사람으로 살고 싶다.

위안

일요일 지나가고 월요일이다.

또 한 주일, 무엇에 위안받고 살아야 하나?

인생은 늘 위안받기를 원한다.

지금까지 받아왔던 그 많은 위안을 돌려줄 생각보다

위안받을 그 무엇인가를 찾아 두리번거리기만 한다.

꽃들에게 받은 위안, 나무에게 받은 위안,

강이나 산으로부터 받은 위안,

알고 보면 우리가 받은 위안은 도처에 널려 있다.

마음 배터리

마음엔 도시와 시골이 따로 없다. 마음엔 잘난 이와 못난 이가 따로 없다. 마음엔 성공과 실패가 따로 없다.
당신이 만약 뭔가를 얻는 데 성공했다면 그것을 얻은 기쁨의 배터리는 얼마만큼의 유효기간을 가지고 있는가?
당신의 마음이 이것과 저것의 경계를 나누는 일에 익숙하다면 기쁨의 배터리는 오래가지 않을 것이다. 뭔가를 나누고 편 가르며 한계를 짓는 일은 생의 배터리를 빠르게 소모시킨다.

책 향기

칼날에 묻어 있는 과일 향기 찾아내듯
책 속에 남아 있을 네 향기를 찾는다.
숲속에 배어 있는 나무 향기 음미하듯
페이지마다 찍혀 있을 네 지문을 만진다.

문 앞까지 왔다가 되돌아 간 사람처럼
향기라 부르고, 추억이라 받아 적는
손때 묻은 책 한 권 택배로 왔다.

〈책 읽는 고양이〉
내가 삶에서 상처받는 그 순간, 그 속에서 많은 것 배우게 하소서.

사랑받고 싶어서

피해의식으로 똘똘 뭉쳐 공격적인 이는 삶에서 피해야 할 유형 중 하나이다. 그러나 끝없는 자비심으로 바라보면 그도 바뀐다.
문제는 나의 자비심이 그다지 인내심이 크지 않다는 사실이다. 모든 피해의식은 치명적이지만 그 밑엔 인정받고자 하는 욕망이나 사랑받고자 하는 욕구가 숨어 있다.

일

바라는 것 없이

단지 그것을 하는 행위 자체에서

기쁨을 얻을 수 있다면

일은 우리를 살아 있게 한다.

〈책 읽는 밤〉
밤에 읽는 책 위로 별들이 뜬다.

고립과 연결

깊고 깊은 산중을 찾아 스스로 세상과 담을 쌓는 기인奇人과 달리 사람들은 대부분 고립을 피하고 연결을 원한다.
연결되기 위하여 끊임없이 SNS를 하고 유튜브를 검색한다. 연결되기 위하여 누군가를 사랑하고, 연결되기 위하여 어딘가에 가입한다.
그런데 연결을 원하면서도 고립을 자초하는 이들도 없지는 않다. 자신의 이익을 위해 타인을 비난하거나 저 혼자 돋보이기 위해 상대를 깎아내리는 이들이 그들이다.
모든 연결은 서로 손을 잡는 것이다. 손을 잡는다는 것은 상대를 공격하지 않겠다는 문서 없는 약속이다.

미래

미래에 대한 계산 없이 가장 좋아하는 일을 선택한다.
실제로 미래는 없지만, 사람들의 머릿속에 그것은 늘 있다. 오늘보다 내일에 가 있는 머리는 다가오지도 않은 그것에 대한 계산 때문에 오늘을 놓친다.
미래가 계산대로 움직여진다면 수학자만이 성공할 수 있을 것이다.

영광의 그늘

영광만 계속되는 예술이라면 거기에서 위로받을 일이 뭐가 있을까. 건반을 두드리는 현란하고 탁월한 테크닉은 대중의 찬사를 받을 만하지만, 과연 감동과 위안이 거기에만 있을까.

반 클라이번 콩쿠르에서 최연소로 우승한 임윤찬에게 그의 스승 손민수 교수가 릴케나 하이네의 시집을 읽게 배려했다는 일화는 신선하다. 아마도 그들의 연주가 특별한 감동을 주는 것은 그런 것과 무관하지 않을 것이다.

겸손하고 순수한 피아니스트 임윤찬이 우승하기 이전 최연소로 반 클라이번 콩쿠르의 정상에 오른 이는 우즈베키스탄이 고향인 피아니스트 '알렉세이 술타노프'였다. 임윤찬이 18세, 술타노프는 19세.

그가 수상하는 장면을 사진으로 찾아보면, 수줍은 듯

보이는 임윤찬의 모습과는 대조적으로 자신만만하거나 의기양양한 표정이 그대로 드러난다.
시간이 지나면서 우승의 효과와 후광이 사라지자 술타노프는 한때의 영광을 되찾기 위해 또 다른 콩쿠르에 도전한다. 그러나 다시 도전한 쇼팽 콩쿠르에서 그가 거둔 결과는 1위가 아닌 공동 2위.
심사 결과에 불만을 품은 술타노프는 수상을 거부한 채 다시 차이콥스키 국제 콩쿠르를 목표로 분노와 욕망으로 손가락을 단련한다. 그러나 이번엔 결선에도 오르지 못하는 굴욕과 좌절이 그를 맞이한다. 최고의 영예를 거머쥔 것 같았던 젊은 피아니스트를 그렇게 만든 건 무엇이었을까?
젊은 나이에 세상을 떠난 술타노프의 짧은 생을 보며 예술에 있어서의 성공이란 무엇인지 생각해보게 된다.

오직 영광만을 찾아 건반을 두드렸던 술타노프와 달리 살아생전 사회와 화단으로부터 작은 인정도 받지 못했던 예술가인 고흐의 생을 보라.

유명해지고, 상 잘 받고, 부를 쟁취하면 그것이 성공인가? 음악이건, 그림이건, 그 무엇이건 영광에 탐닉하기보다 실패와 좌절을 통해 더욱 깊어지고 넓어지는 것이 예술의 세계 아니겠나.

예술의 진실한 가치는 성공보다 실패에 있으니 그것은 좌절을 견뎌내는 인간의 예술혼이 평범한 우리에게 감동을 주기 때문이다.

달에서 비박

그는 내게

더 채우지 말라고 한다.

채울지 말지는 달에게 물어봐야겠다.

오늘, 당신 마음속 저 달이

더 이상 기울지 않는다면

그림 속 사내가 비박•을 단념하리.

사랑이란 그런 것이다.

저무는 달이

떨어진 나뭇잎을 환하게 헹궈내듯

채우지 않고 환하게 비워두는 것이다.

• 등산 도중 텐트를 사용하지 않고 지형지물을 이용해 하룻밤을 지새우는 일. 독일어 비바크biwak에서 온 말이다.

〈달에서 비박〉
가득 찼던 만월이 비워지듯 사랑이란 비우는 것이다.

착각과 환멸

우리는 겉모습에 잘 속는다.

내가 만든 환상의 틀 위로 상대를 투영하며

착각의 드라마를 기획하고 연출한다.

그러나 착각은 쉽게 환멸로 바뀐다.

환멸은 우리의 가까운 친구이지만

좋은 친구는 아니다.

진짜 좋은 친구는

상대를 그 모습 그대로 받아들인다.

내가 가진 잣대로 그를 재단하지 않는다.

손가락질

세상으로부터 손가락질 받는 삶도 있다.

도덕적이지 못한 삶이 그렇다.

그런데 도덕이란 도대체 누가 만든 것인가?

부도덕하게 살라는 말은 아니다.

그러나 도덕의 본질은

그 바닥을 파보면 제약일 때가 많다.

사소한 제약에 걸려 부자유스러운 인생은

얼어붙은 행주가 되고 만다.

얼어붙은 행주로 뭘 닦아낼 수 있겠는가?

도덕은 절대선이 아니다.

일종의 약속일 뿐,

지키지 못한다고 해서 다 악인 것은 아니다.

가령 도덕과 사랑 가운데 하나를 선택하라면

주저없이 나는 사랑을 택할 것이다.

사랑이 빠진 도덕은

갑옷을 입고 궁궐 문을 지키는

근엄한 수비대 같다.

햇빛에 번쩍이는 갑옷은 눈부시지만

무거운 철갑에 갇힌 몸뚱이는 딱딱하고 괴롭다.

제약을 제약으로 인식하지 못한 사람들이

계율에만 붙잡혀 생사람 잡는다.

중심

세상의 중심을 뉴욕이라 말하는 사람이 있다.

그러나 그것은 뉴욕을 좋아하는 사람들의 주장일 뿐이다.

세상의 중심은 도처에 있다.

우리는 각자의 중심에서 살아가고 있으며

그 어디에 있건 내가 서 있는 곳이

세상의 중심이다.

이기적인 사람은

세상이 자기를 중심으로 돌아가는 줄 안다.

그러나 세상의 진짜 중심은 사랑이다.

사랑에 의해 세상은 유지된다.

세상의 중심엔 사랑이라는 수도가 있다.

시간의 길이

천년의 풍상 견디어 온 고목 앞에 서면 '나'라는 존재가 하잘것없이 느껴진다. 하잘것없는 그 시간 속에서 욕심과 증오와 애착으로 보낸 세월이 한심하게 여겨진다.
천년이란 풍상을 견뎌낸 것만으로도 고목은 성자 같다. 아름드리 나무를 두 팔로 감싸 안고, 시간의 길이에 대해 숙고해 보면, 시간은 문득 사라지고 자취 없는 별똥별 같다.
길다, 짧다, 느리다, 빠르다 같은 수치數値는 시간에 붙여놓은 꼬리표일 뿐 꼬리표 떼고 느껴보면 광활한 은하계에 반짝이는 별처럼 시간은 막막하고 잡히는 것이 없다.
살아가다 한 번쯤 시간의 길이를 가늠해 보자. 눈감고 가만히 앉아 막막한 우주의 넓이와 깊이와 거리를 떠

올려 보자. 지금 내가 놓치지 않으려 아등바등하는 이것들은 정말 소중한 것인가?
천년을 살았어도 고목이 가진 것은 몇 평의 흙뿐이다. 천년을 살았어도 고목이 취하는 건 폐활량 적은 산소와 맑은 바람뿐이다. 억수같이 퍼붓는 비 묵묵히 맞고 선 채 나무들이 누리는 기쁨이란 비 그치면 얼굴 내밀 햇빛뿐이다.

〈천년의 사랑〉
천 년이 지나도 변하지 않는 것이 있을까?

희로애락

살아가면서 조금씩 희로애락을 표시하는 방법이 달라진다. 크게 기쁜 일이 생겨도 기쁜 표시를 덜 내고, 슬픈 일이 있을 때는 눈물을 자제하며 평상심을 유지하려 노력한다. 큰 분노가 줄어드는 만큼 큰 희열도 줄어든다.

가능하면 인연을 맺지 않고, 저절로 맺어진 인연 또한 크게 정을 쏟지 않으려 노력한다. 큰 기대는 큰 실망을 낳게 된다. 금방이라도 모든 걸 다 내어줄 듯 쏟아붓는 정은 깨어지기 쉽다.

큰 정을 자제하되 기대 없이 주는 것, 주는 순간 얻게 되는 흐뭇함, 그것이 전부다.

세라비 c'est la vie

오랜만에 친구가 작업실로 찾아왔다.
"점심 먹으러 가자."
들어서자마자 하는 소리였다. 아침도 건너뛴 채 캔버스에 물감 칠을 하느라 바쁘던 나는 두말 않고 그를 따라 식당으로 향했다.
"그런데 너, 한 달에 한 번씩 나하고 여행 좀 가자. 길이 멀어서 1박 2일은 해야 된다."
음식을 기다리는 동안 느닷없이 여행 이야기를 하는 친구를 쳐다보며 물었다.
"너, 다 늙어서 바람이라도 났냐?"
그렇게 물었던 건 그 여행이라는 것이 명목만의 여행이었기 때문이다. 한 달에 한 번씩 함께 여행을 갔다는 증언을 필요한 순간에 해달라는 것이 그가 내게 요구하는 여행의 실체인 것이다.

그러니까 친구에게 필요한 알리바이를 제공하기 위한 배역 하나가 내게 주어진 셈이다.
"바람난 거냐?"라는 내 질문에 "미쳤냐"며 그가 털어놓은 이야기는 바람과는 전혀 다른 우울한 내용이었다. 전처가 때이른 치매에 걸렸다는 것이다.
그러니까 아무도 돌볼 이 없는 전처를 돌보기 위해 한 달에 한 번씩이라도 길을 가야 한다는 것이 그가 말한 여행의 실질적인 내용이었다.
울적한 표정의 그를 향해 나는 모르는 척 물었다. "아직도 정이 남았냐?" 형편이 어려운 전처를 위해 몰래 돈을 마련하던 친구였다. 정 같은 소리하네, 하는 표정으로 내뱉듯 그가 던진 대답은 이랬다.
"사는 게 다 그런 것 아니냐."

허탈한 듯 앉아 있는 그를 보며 나 또한 울적한 마음이 되는 걸 어찌할 수 없었다. 어쩔 수 없이 그와 매달 여행을 같이 가야 할 처지가 된 것이다. 세라비! 인생이란 그런 것 아니겠나.

〈소라의 꿈 1〉
소라는 온종일 바다를 꿈꾼다.

건조한 영혼

기대가 없으면 실망도 없다.

실망이 없으면 분노 또한 없다.

그러나 기대도, 실망도 없는 삶이라고

무미건조한 것은 아니다.

무미건조한 삶이란 영혼이 메말라 있는 삶이다.

준 만큼 꼭 받아야 한다거나

준 것보다 더 받아야 한다는 생각이

영혼을 메마르게 한다.

인기

사람들은 대체로 진실한 사람보다 유명한 사람에게 끌린다. 유명하다는 것은 인기가 있다는 말이며, 인기란 타인의 관심을 빨아들이는 일이다.

타인의 관심 여부에 따라 자신의 존재가 중요한지 그렇지 않은지 결정되는 것이 '인기'라는 신기루다.

타인에 의해 유지되는 삶은 타인이 없으면 존재하기 힘들다. 과장된 행동이나 거짓말, 계산된 신비주의 같은 것이 필요한 것은 그 때문이다. 그것은 다 인기를 얻기 위해 연출된 생존 전략이니 타인의 관심을 빨아들이는 일 외엔 쓸모없는 연극의 분장 같은 것이다.

인기에 연연하는 이들의 내면은 대체로 공허해서 타인의 관심을 잃을 경우 지탱하기 힘들다. 반면 진실한 사람들의 삶은 오래가는 생명력을 가지고 있다. 내면의 정직성을 추구하는 그들은 스스로 만들어낸 가치만으로 존재하기 때문이다. 그들의 존재 방법은 일종의 자급자족이니 타인의 관심을 구걸할 이유가 없다.

달콤한 치유

상업주의에 물든 치유는

치유가 아니라 달콤한 위안이다.

위안은 감미롭지만 사탕과 같아

오래 빨아 먹으면 영혼의 이빨을 상하게 한다.

〈소라의 꿈 2〉
바다는 온종일 소라 생각만 하고 있다.

꽃이 다시 피듯

삶은 일회적인 것이며 반복될 수 없는 것이라는 생각은 직선적이다. 벽 위에 그어놓은 직선은 앞으로 쭉 나아가다가 벽이 끝나면 끝나게 된다. 삶이 그런 것이라면 우리는 나를 에워싸거나 보호하고 있는 벽이 끝나는 순간 직선처럼 끝나게 될 것이다.

그러나 '한정된 생'이라는 그 생각마저 우리는 또 다른 생각에 의해 만들어진 관념이라는 사실을 알게 된다. 환상과 실재, 실재와 환상이 뒤섞인 이 세상에서 우리가 받아들여야 할 것은 무엇이며 우리가 넘어야 할 것은 또 무엇일까?

벽에 그리는 선을 직선이 아니라 곡선이나 원처럼 그려보면 어떨까? 설령 벽이 끝난다 해도 그것은 둥글게 원을 그리거나 완만하게 방향을 바꾸어 새로운 공간을 향해 나아갈 것이다.

강물이 흐르듯 과거로부터 현재로 흘러와 미래를 향해 나아가는 것 같은 시간은 실제로는 흐르지도, 나아가지도 않는다. 모든 것은 순환할 뿐 우리가 생이라 부르는 이것도 아마 졌다가 다시 피는 꽃처럼 자리와 형태를 바꾸어 돌고 또 도는 에너지 같은 것이리라.

짐승

흔히 짐승보다 못한 인간이라고 하는데
그 말은 폐기되어야 한다.
배부르면 더 탐하지 않는 짐승만큼
정직한 인간이 몇이나 되겠는가.
아마도 짐승들 세상에서 가장 큰 욕은
'이 인간보다 못한 짐승'일 것이다.

이익의 균형

합리적인 선택을 바란다는 정치가들의 말은
늘 합리적이지 않다.
그들의 우주에서 합리적인 일은
자신에게 이익되는 일뿐이다.
그러나 진짜 합리적인 일은
타인의 이익과 내 이익의 균형을 맞추는 것이다.

화살의
방향

화살이 날아가는 방향을 알 수 있다면
날아가 꽂힐 곳도 알 수 있다.
인생도 마찬가지라서
그것이 흘러가는 방향을 알고 있다면
가 닿을 곳도 미루어 짐작할 수 있다.

심은 대로 거둔다고 하지만
심은 만큼 꼭 거둘 수 있는 것은 아니다.
그러나 어디로 가는지
자신이 가는 방향을 알고 있는 사람은
잘못된 항로를 수정할 수도 있다.
실패와 좌절은
방향을 수정할 때가 되었음을 알려주는
나침반 같다.

〈황혼의 눈동자 1〉
언제나 나를 지켜보는 내면의 눈동자.

〈황혼의 눈동자 2〉
눈동자여, 내게 사랑을 보여다오.

세월이 가면

자꾸 기쁜 일을 만들어야 한다.
사소한 일에도 감동하며
꽃이 필 때마다 행복을 느껴야 한다.

얼굴도 모르지만 당신이 원하면
위로의 말 한마디 건넬 수 있다.
사랑하는 누군가가 곁에 있다는 사실을 다리 삼아
이 풍진 세상을 건너가야 한다.
낱개로 떨어져 있는 것 같지만
우리는 서로 연결되어 있다.

사랑한다

우리가 흔히 쓰는 사랑한다는 말엔
'당신을 좋아합니다'라는 의미와
'당신을 받아들이겠습니다'라는 의미가 있다.

그것이 어느 쪽이건
사랑한다는 말은
우리를 열어놓는 에너지가 있다.

간절함

배의 방향키를 쥔 선장이 동쪽이라고 결정했는데 서쪽으로 가는 배는 없다.

지금 불운에 발목 잡혀 불편하더라도 '나는 행복하다'고 말하는 사람은 서쪽으로 가려던 배가 선장의 "동쪽"이라는 명령으로 진로를 바꾸는 것처럼 행복 쪽으로 삶의 진로가 바뀌기 시작한다.

나는 내가 탄 배의 선장이다. 행복하기 위해서는 내 앞의 항로를 향해 행복을 선언해야 한다. 우리가 내뱉는 말엔 우리의 마음을 우주의 실천으로 옮기게 하는 에너지가 있다.

간절한 사람은 간절한 에너지가 자신의 바깥으로 분출되도록 해야 한다. 간절함이 깊을수록 소망은 현실화될 가능성이 커진다. 간절한 마음의 에너지는 우주에 존재하는 수많은 가능성 중 내 것이 될 것을 찾아낸다.

〈슬픈 기타〉
허공의 문장 아래 빈 몸 내려놓는, 아프고 깊은 나는 누구인가?

완벽과 흠

매사에 명분만 찾는 사람도 있다.

위선자일 가능성이 크다. 위선자는 명분에 매달려 본질을 놓친다. 타인의 결점은 나의 장점이며 타인의 실수는 내가 즐기는 오락이다.

완벽을 추구하는 사람은 위선자가 되기 쉽다. 완벽하게 보이는 이는 일종의 환자다. 알고 보면 가장 부족한 이가 그들이다. 부족한 스스로를 채워가며 살고 있는 우리는 모두 결점 많은 사람이다.

완벽은 없다. 완벽은 병일 뿐 세상은 흠으로 가득 찬 채 돌아가고 있다.

가짜 메시지

기다림은 인생의 항구다. 닻을 내리고, 뱃고동 소리를 들으며 항구가 되어 살아갈 나이가 되면 세상에 널리 전해진 가짜 메시지를 알아차리게 된다. 출세해야 한다, 돈을 많이 벌어야 한다, 존경받는 사람이 되어야 한다, 경쟁에서 이겨야 한다.

이것들은 인생을 소모품으로 만드는 가짜 메시지이다. 그러나 사람들은 끊임없이 메시지를 주고받으며 스스로를 향해 주문을 건다. 유명해져야 한다, 좋은 학교에 가야 한다, 승진해야 한다, 남보다 앞서야 한다, 살아남아야 한다.

그 주문으로부터 풀려나는 날이 자유를 얻는 날이다. 그러나 그런 날은 대체로 생의 끝 무렵에 찾아오니 인생이 덧없다는 말은 인생은 한 번뿐이라는 말의 종속어 같다. 삶에서 진짜는 그것을 생각할 때마다 행복해

지는 것, 그것 하나뿐이다.

안타깝지만, 행복이란 존재의 차원에서 일어나는 어떤 것이지 소유의 차원에서 일어나는 것이 아니라는 사실을 깨닫는 것도 끝 무렵이다. 떠날 때 아무것도 가지고 갈 수 없다는 사실을 실감하는 순간 우리는 자신이 진실로 행복했던 것인지 스스로를 향해 되묻게 된다.

없다

인생의 참 실력은 방황에 의해 길러지고,

경험에 의해 숙성된다.

잘 숙성된 인생은 좋은 와인을 닮아

당도뿐 아니라 산도(신맛) 또한 높다.

삶의 신산辛酸을 두려워할 이유가 없는 것은 그 때문이다.

그러나 어떤 인생에도 탈출구는 없다.

있다면 유일하게 '없다'는 그 사실을 받아들이는 것밖엔 없다.

〈박수기정에 앉아 책 읽기〉
벼랑 끝을 물들이는 저 황홀한 황혼.

아끼고 싶은

아름답다는 말은 아껴두겠다.
내일 아침 꽃이 필지 모르니까.
잘 살아야겠다는 말은 하지 않겠다.
얼마나 더 살게 될지 아무도 모르니까.

웬만큼 살았으니 먼저 갈지 모르지만
사랑한다는 말은 입에 넣어두겠다.
남아 있는 마음이 더 아플 테니까.

수록작품 목록

1부

봄밤, 90×72.5, 캔버스에 유채

달에게 바친 동백, 100×80, 캔버스에 유채

밤의 대화, 53×41, 캔버스에 유채

신발이 날아가는 곳, 30×22.5, 종이에 파스텔과 색연필

만추, 33.5×24.5, 캔버스에 유채

가을에 눕다, 45.5×53, 캔버스에 유채

어머니와 접시꽃(김연해 화가), 45×38, 캔버스에 아크릴

봄숲의 환, 73×91, 캔버스에 유채

어머니, 41×52.5, 캔버스에 유채

달 위에 앉아, 72×60, 캔버스에 유채

우주의 요리사, 80×100, 캔버스에 유채

벼랑 위의 절창, 72.5×60.5, 캔버스에 유채

피렌체의 고양이, 40×32, 종이에 파스텔과 아크릴

먼길, 37.5×45, 캔버스에 유채

달 위에 누워, 60.5×72.5, 캔버스에 유채

시인과 돌고래, 60.5×73, 캔버스에 유채

피아노, 100×80, 캔버스에 유채

2부

혼자 가는 길, 27×22, 종이에 색연필

달을 향해 누운 시인, 24×33, 캔버스에 유채

비행, 80×100, 캔버스에 유채

초식동물에 기대어, 53×41, 캔버스에 유채

클림트보다 진한 키스, 91×73, 캔버스에 아크릴

꿈속의 안나푸르나, 45×53, 캔버스에 유채

기린과 황혼, 45×53, 캔버스에 유채

나타샤와 붉은 길, 37×45, 캔버스에 유채

나타샤, 31.5×40.5, 캔버스에 아크릴

당신이라는 이름의 새, 45.5×38, 캔버스에 유채

장미와 별, 45.5×33, 캔버스에 유채

돌고래의 꿈, 24×33.5, 캔버스에 유채

샤갈의 그림처럼, 53×45, 종이에 파스텔과 아크릴

나들이, 90×70, 캔버스에 유채

달의 사랑, 60.5×72.5, 캔버스에 유채

장미의 성, 72.5×60.5, 캔버스에 유채

봄눈, 45×37.5, 캔버스에 유채

푸른 밤의 콘서트, 31.5×40.5, 캔버스에 유채

카르페디엠 – 가족, 53×41, 캔버스에 유채

책 읽는 고양이, 40.5×53, 캔버스에 유채

책 읽는 밤, 33.5×24, 캔버스에 아크릴

달에서 비박, 80×100, 캔버스에 유채

천년의 사랑, 91×116.5, 캔버스에 유채

소라의 꿈 1, 41×31.5, 캔버스에 유채

소라의 꿈 2, 90.5×72, 캔버스에 유채

황혼의 눈동자 1, 33×24, 캔버스에 유채

황혼의 눈동자 2, 53×45, 캔버스에 유채

슬픈 기타, 41×38, 캔버스에 유채

박수기정에 앉아 책 읽기, 45.5×53, 종이에 유채